La Selva Azul

Comotto

Ediciones Ekaré

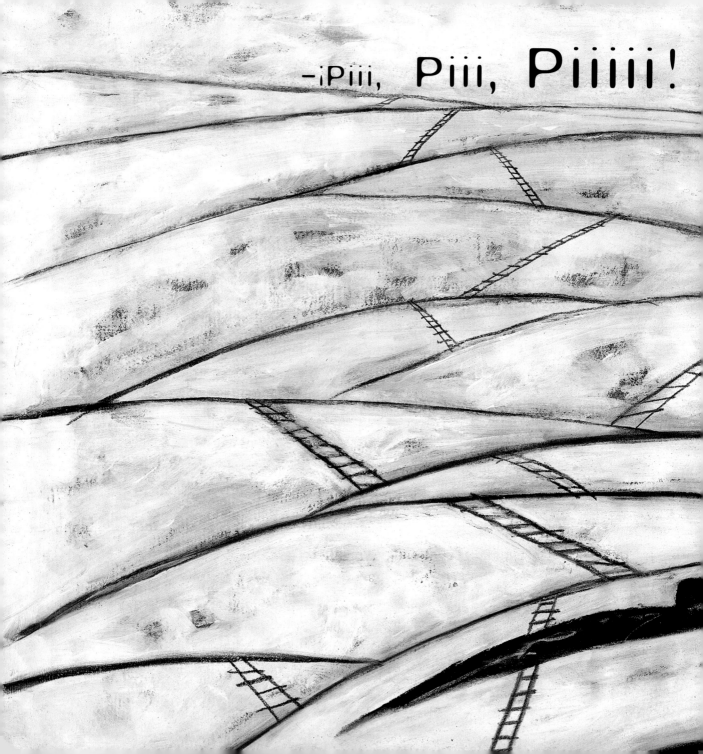

–pitaba Edgardo, el maquinista, cruzando veloz el prado.

De pronto se detuvo.

Al ver al pez, el maquinista
supo que había un lugar
donde nunca había estado.

—Dicen muchas cosas
sobre la Selva Azul...

...dicen que en la Selva Azul todo es azul:
los árboles, las piedras, el agua... todo.
Dicen también que son
pocos
los que
han podido verla.

¡Chucu chucu chuu!

En busca de la Selva Azul Edgardo y el pez
recorrieron los caminos del mundo sin detenerse
en ninguna parte.

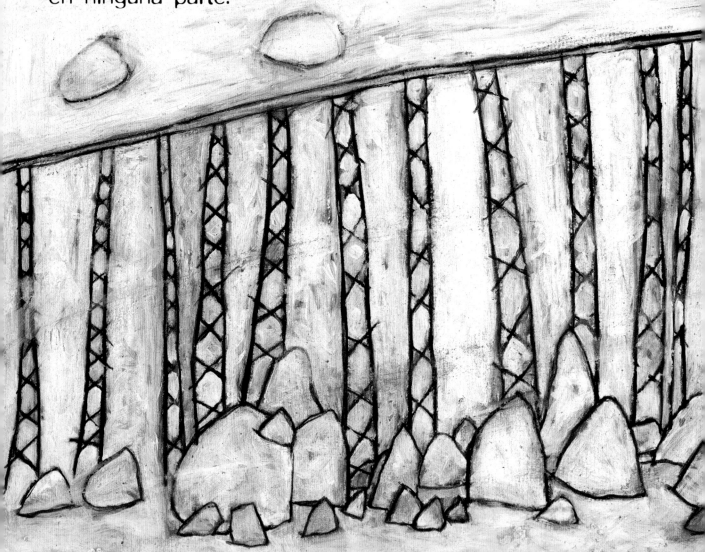

Después de un tiempo, cansado
de tanto trajín, Edgardo pensó:

"Creo que la Selva Azul no existe".

Y tanto pensó que no se percató
de que los rieles se habían terminado.

—Y ahora, ¿cómo seguiremos?

—¡Qué locomotora más extraña!
Debe ser de un país lejano —murmuró Edgardo.
Y luego le pidió: —¿Nos empujaría
hasta los rieles, por favor?

—¡BRRRRRRRR!
—barritó el elefante pidiendo ayuda.
—Tiene usted una excelente sirena
—dijo el maquinista admirado.

Entonces dos elefantes surgieron de la espesura.
Entre todos empujaron al maquinista, al pez
y a la locomotora hasta el comienzo de las vías.
–Muchas gracias –dijo Edgardo–. Nos gustaría
quedarnos a charlar pero llevamos prisa.
Estamos buscando la Selva Azul.

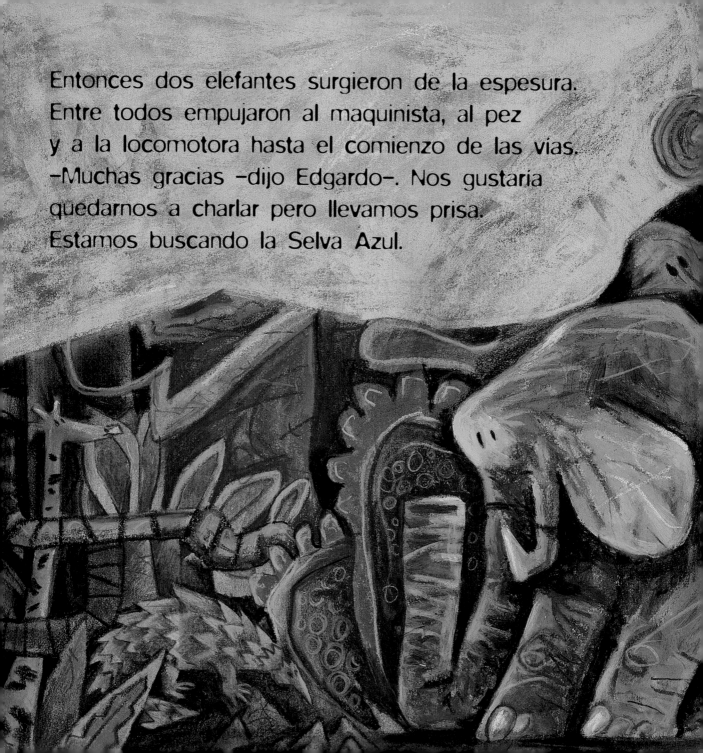

–¿Te quedas?– le preguntó al pez–.
¡Qué lástima!
Me hubiera gustado llevarte hasta
la Selva Azul.

Edgardo se alejó siguiendo el rumbo de las vías.

—Ojalá vuelvas algún día —se escuchó en el viento.

EDICIONES
ekaré

Edición a cargo de María Cecilia Silva-Díaz
Dirección de Arte: Irene Savino

PARA
LUCIO

Primera edición 2004

© 2004 Agustín Comotto texto e ilustraciones
© 2004 Ediciones Ekaré

Edif. Banco del Libro, Avenida Luis Roche, Altamira Sur, Caracas 1062, Venezuela
www.ekare.com

ISBN: 980-257-298-5
ISBN: 84-933060-2-9 (edición tapa dura)
Depósito Legal: lf15120038001894
Fotolito: Pacmer